KB155453

무슨 일
있었냐고
묻기에

김이수 시집

무슨 일
있었냐고
묻기에

책읽는마을

내는 글

시는 늘
아픈 물음이라서
첫 시집 이후로도
자꾸 쌓여
두 번째 낸다.

여기에는 내 친구,
사진쟁이 문승선이
흔쾌히 별을 달아 주었다.
그의 사진은 그냥 시다.

애독자들 응원 덕분에
날개 하나를 얻는다.

고맙다.

2021년 봄, 김이수

차/례

ⓞⓐ 봄에

02 여름에

03 가을에

04 겨울에

01
/
봄에

네 안의 봄

꽃피어 부는 봄이야
오란다고 올 것이며
가란다고 갈 것인가

그저 때 되면 왔다가
세월 따라 흘러갈 뿐
인간의 일 아닐지니
꽃 진 자리에 비 뿌려
봄이 간다, 설워 말게

네 안에 피지 못한 봄
살아온 나이만큼 쟁여
애달피 울고 있을 테니

© 知友

민들레꽃씨

요놈 요놈 개본놈
비갠 뒤에 피어서
멀리 떠날 꿈에
한껏 부풀었구나

나는 어제 오늘
그리고 내일도
하냥 제자리
맴돌다 말 것이냐

나도 무거운 몸
가볍게 비웠다가
바람이 건듯 불거든
민들레꽃씨 따라
어디든 떠나 보리라

비와 어머니

어머니, 비가 와요
그 반갑다 하시던 비가 와요
긴 가뭄으로 푸석거리던 봄 끝에
비가 와요
— 야야, 비올랑갑다. 비설거지해야 쓰것다.
아련해요, 어머니
삶이 속까지 푸석거리던 그때는 비라도 와야
좀 젖어서 푸근했지요
비가 와요, 어머니
말라 바스라지던 삶
눈물로 겨우 재워온 기나긴 세월 건너
자박자박 비가 와요, 어머니
비 젖은 추억에 자꾸 눈물이 나요
비가 와서 좋은데 왜 자꾸 눈물이 나요
어머니, 거기 남녘에도 비가 오겠지요
아버지 묏등풀도 푸르러질까요

봄밤에

사경에 잠이 깨어 송사宋詞를 읊조리는데 문득 한 구절에 마음이
탁, 내려앉아 오도 가도 못하고 우두커니 눈물지더군요
– 인파 속을 백번천번 임 찾아 헤매다가 문득 고개 돌려
보았더니 그 사람은 저쪽 희미한 등불 아래 있더군요
(衆裏尋他千百度驀然回首那人却在燈火闌珊處).
바람 잔 뜰은 어둠 속에서 고요한데 "희미한 등불 아래" 꽃보다
향기 먼저 오는 라일락, 당신이더군요

....
인용한 송사 구절은 천고에 회자되는 명구로, 남송 최고의 시인이라는
신기질辛棄疾의 〈청옥안靑玉案·원석元夕〉에 있다. 신기질은 강직한 무사인데,
감성 넘치는 시를 썼다.

청산도

완도항 오십 리 뱃길
산도 바다도 푸르대서 청산이라지만
헐벗고 주린 삶 얼마나 팍팍했을까
겉보리 서 말보다 못한 섬 살림이라니
그 옛날, 소리꾼 영화로 뜨기 전에는
뉘 알았을까 여기 청산이 있는 줄을

여기 허기진 빈들에 애절한 아리랑

아련히 영화처럼 흐를까 싶었지만

빈들의 허기는 간 데 없이

유채꽃 화사하고 고성의 잡음만 자글거려

송화의 아리랑은 청산을 떠나고 없어라

밥과 시 그리고 똥

이팝꽃 고봉으로 피어서는 늦봄 비바람에 밥티 흘린다.
어느 평론에 다작 시인더러 시를 밥 먹듯이 써 젖힌다며 제법
준엄하게 나무랐니라. 하필 밥을 그리 깔보는 것은, 시는
시시하니 그렇다 쳐도 밥을 조금도 모르는 모독이다. 어디
밥이 쉽게 차려지드냐. 씨나락 골라 갈무리했다가 비닐 씌운
모판에 이른 봄 내 모종 가꾸어 모내기 하고도 타는 백일의
산고를 겪고서야 겨우 여문 벼 톨 얻어내 까서 씻어 안쳐
불을 때 뜸 들기까지 반년은 가슴죄고 동동거려야 따순 밥
한 그릇 차려지니라. 그리고 보면 "부처가 똥"이듯 밥도 시도
다 마침내는 똥이다. 밥이 밥 같고 시가 시 같아야 똥 눈 소리
향기로울 것 아니냐. 어제 먹은 밥에 오늘 아침 누는 네 똥은
얼마나 향기롭드냐.

봄에 사는 법

봐라
저기 말고 여기
봐라
저 건너 꽃무리 말고
네 안에 사랑 꽃
얼마나 피었는지

봐라
환장할 노랑
그 부심을 견뎌
가지마다 어찌
초록을 틔우는지

봐라
보라고 봄이다
저기 말고 여기
네 안의 봄

봄날의 가난

이미 매화 부시고
땅마다 물이 차올라
마음은 그득해서
동이동이 넘치건만
내 언어는 한 줌뿐이어서
동동,
어쩔 줄 모르니
나의 가난이
어찌 이리 너무한가

언별言別, 말씀의 작별

늘, 넘치고 타는 술의 밤

쓰러진 술병만큼이나
거나해지던 말씀은

아러께 그 순서 그대로
토씨하나 못 자란 말씀은

제 살을 뜯어먹고 연명하다
번번이 제 몸을 잃는 말씀은

늘, 찬란하게 별세하지만
한 번도 별이 되지 못한다

무슨 일 있었냐고 묻기에

한밤중 꽃 숨에 멱을 감는데
문득 바람이 묻는다,
– 무슨 일 있었어?

아니, 아무 일도 없었,
멈칫하다 이내 말을 바꾼다
참, 많은 일들이 있었지

이번엔 달이 묻는다,
– 무슨 일?

숨을 쉰 채로 다시 눈떴지
산에 올라 봄바람에 씻겼지
밥벌이 일감에 매달렸지
찾아온 아우와 한잔 했지
놓아둔 책을 마저 읽었지

달이 다시 묻는다,
– 에이, 그런 거 말고.

"살아서 널 보고 있잖아!"

봄비 내리는 고향

비 내리자 푸른빛 일어나
대지는 하늘과 맞닿는다
담쟁이 무성한 담장 위로
감나무 연둣빛 몸을 털고
젖어 잠든 대밭 고요하다

하늘은 안개로 산을 덮고
저수지 하얗게 하늘 안아
비긋자 이는 산들바람에
물결쳐 먼 울음 감추나니
고향의 봄은 몰래 슬퍼라

백련산 아까시

먼 데 바람조차 향기로운 오월,
백련산은 온통 아까시 꿀통속이다
음지고 양지고 잘 자라는 아까시는
꽃필 적이면 저 홀로 부시다

온몸으로 꽃을 피우는 그는
잎이고 꽃이고 따로 줄기 지어
저만의 또 한 우주를 이룬다

가위바위보, 나란한 잎을 따며
늦은 오후 한나절 보내보았나
망울져 흐드러진 그 꽃 난리에
볼을 부비며 한숨 쉬어보았나
벌이 그 하얀 꽃 속을 드나들며
어찌 꿀을 빨아 담는지 보았나

그런 것도 하나 영문을 모르면서
아까시는 쓸모없는 잡목이라,
그러는 넌 대체 무슨 쓸모 있나

속

병아리를 품은 듯
저기 안산
시치미 떼고 짐짓 고요하다
들어가 보지 않고서
저 속을 어찌 알까 싶지만
이 속에 있으면 저 속도 훤하다

겉이야 저마다 저대로 꾸며
매양 바뀌니 따로 놀겠지만
속은 속없이 속끼리 통한다

벽보

봄꽃 져 고요한 아침 숲에
뻐꾸기소리 문득 애달픈데
거리엔 말꽃들 활짝 피었네

선거 때면 넘치게 피어나는
말꽃들의 기름진 성찬이여

성탄절 트리보다도 영롱한
석탄절 연등보다도 화사한
사랑과 자비의 복음들이여

꽃 진 자리엔 열매 맺는데
벽보 진 자리엔 뭐가 맺히나

유붕자원방래有崩自遠訪來

마침내 자유인,
만오의 햇살에 젖어 그가 왔다
몇 번을 벼르던 수줍은 길을
문자를 앞세워 그가 왔다
싸한 커피향이 기척도 없이 퍼지더니
양손에 바리바리 환한 햇살로 들어섰다
문을 닫는 그의 뒤에서 낮별들이 내렸다

은행원이던 그가 사진쟁이로 왔다
별을 달란 청에 그 별을 찾다가 왔다

막걸리 한잔이 동했지만
막 병원 다녀온 그의 팔을 긍휼히 여겨
책 얘기만 몇 조금 나누다가
아쉬움을 다시며 풀썩, 그가 갔다

자기 사진이 별이 된다면 내 글에 달아도 좋다는
뜨거운 작별사를 남기고 그가 갔다

© 知友

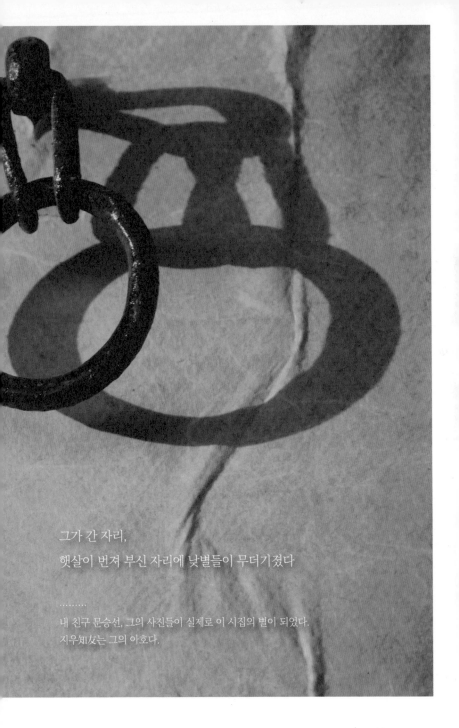

그가 간 자리,

햇살이 번져 부신 자리에 낮별들이 무더기졌다

....

내 친구 문승선, 그의 사진들이 실제로 이 시집의 별이 되었다.
지우知友는 그의 아호다.

봄비야

지는 봄꽃 다독여
네가 우는구나
눈물 없이 지는 꽃
네가 우는구나
어느 설산 만년설이
어느 빙산 얼음장이
오래오래 봄꽃 그리다
문득 바람에 일어나
바다 건너 꽃 지는 봄밤
아슴한 백련언덕에
잠도 없이 우는구나

봄바람

희붐한 백련능선,
발자국 소리 하나 기척도 없이 와서
어루만져오는 손길,
뺨을 스쳐 눈을 쓸고 머리칼에 깃들더니
코끝을 간질이고는 마른 입술에 머물러
문득 간 데 없다가 한숨으로 터지는,
적요寂寥한 당신

....
寂은 소리가 없는 것이요,
寥는 형체가 없는 것이다.
空이니 거긴 無分別이다.

찔레야

어린 육신 늘 허기지던 시절
살 오른 삐비꽃대궁 봄풀언덕
꽃망울 맺힐 네 여린 우듬지
똑, 똑, 꺾어 허기를 지우느라
봄빛에 수줍어 볼 붉힌 미소가
흰 울음으로 피는 줄도 몰랐다

어린 영혼 늘 조갈 들린 세월
야윈 달빛 쓸쓸하던 시멘트벽
밤낮도 계절도 한통에 몰아서
뚝, 뚝, 떠다가 밥을 바꿔 먹느라
언덕에 냇가에 봄을 먹은 네가
흰 여름으로 오는 줄도 몰랐다

사랑이라

가랑비에 밤샌 초록은 깊어지고
아까시꽃길은 임이 다녀가셨는가
젖어서도 향기롭네,
사랑이라

한껏 터진 붓꽃은 함초롬 하늘 먹을 갈아
간밤의 떨린 사연을 바람벽에 쓰네,
사랑이라

장미 불길에서 참새 한 쌍 부비고 나와
빗속에 어우러져 깃털을 골라주며 노네,
사랑이라

세검정 어둔 밤길을 꽃창포 환히 등불 밝혀
밤을 도와 내달린 냇물은 무늬무늬 소리소리,
온통 사랑이라

임은 아니라지만 아무래도,
사랑이라

낱낱

가만, 저것들 보아
냇가의 창포, 골목의 장미
하찮아 보이는 저것들
한 송이 꽃 피워내려고
바람에 쓸리고 비에 젖으며
만 번은 겪었을 파동,
눈물 나

하찮게 흘려진 쌀 한 톨에도
햇살이 만 번은 쟁였다니까

작가 김훈은 남한산성에서
"지나간 만 끼는 다가올
한 끼 앞에서 무효"라 했지만
만 끼로 살아낸 삶이 없다면
다가올 한 끼 역시 무효야

산 것들은 세월 따라 금세 지고
끼니는 늘 불안하고 허천나서
하찮은 낱낱만이 실제 삶이야

추락

아득히 추락하다가
소스라쳐 잠을 깼다
거듭 추락하다 못해
바닥인 줄 알았는데
더 추락할 높이가 남았다니
생은 바닥도 늘 벼랑이다
겨우 새벽 뜰에 나서니
밤새 추락한 매실 몇 개,
바닥에서 비에 젖었다

© 知友

사랑

다 보인다
아니 볼래도
다 보인다
눈 감아도
몸이 먼저 본다
사랑이다

© 知友

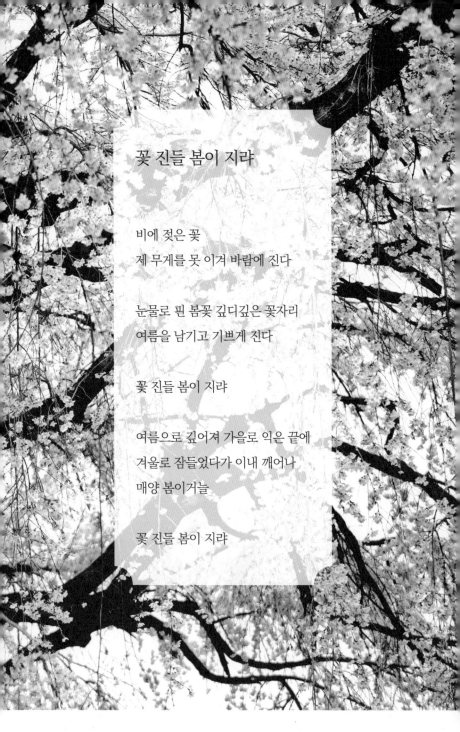

꽃 진들 봄이 지랴

비에 젖은 꽃
제 무게를 못 이겨 바람에 진다

눈물로 핀 봄꽃 깊디깊은 꽃자리
여름을 남기고 기쁘게 진다

꽃 진들 봄이 지랴

여름으로 깊어져 가을로 익은 끝에
겨울로 잠들었다가 이내 깨어나
매양 봄이거늘

꽃 진들 봄이 지랴

봄밤

봄꽃에 취해 누운 밤,
너는 꽃 건너 달로 뜨고
슬픔은 어찌 바다인가

낙화유수

부신 강물 붉은 속살이
어찌 햇살만이겠느냐
할 일을 마친 봄꽃들
비로소 나무를 떠나
탈을 벗어 이름을 떼고
'꽃'으로만 모여 흐르다
마침내 '꽃'인 줄도 잊어
그저 물 따라 흐르거니
봄 강, 열반극락이로다

지는 봄

눈물 같은 비에 젖어
낮게 비껴 우는 바람에
으스스 봄꽃 진다,
슬퍼 마라

봄풀들 부르르 몸을 털어
무겁게 내려앉는 낙화
온몸으로 받아 안는다,
슬퍼 마라

긴 겨울 내내 기다려
그대 오시려나 설렌 봄 편지
꽃 다 지도록 감감하다,
그래도 슬퍼 마라

사랑은 아니 와도 꽃 진 자리 봄은 익어
잎으로 무성할지니 이봄 간다,
슬퍼 마라

여름이 저만치서 봄을 품어 웃고 있으니
네 안의 폐허만,
슬퍼하라

달아

채석강을 타고 올라간 태백은
두꺼비가 된 상아를 만났을까
신선이 되기를 갈망했던 둘은
예를 달래어 소원을 이뤘을까
누가 거기에 옥토끼가 없댔나
누가 아르테미스를 욕보였나

96만 리 떨어진 지구와 하나,
만조와 간조의 치정으로 얽혀
당기면서 밀쳐내는 슬픈 사랑
사리바다 다독여 상아를 달랄까
조금바다 들쑤셔 태백을 달랄까

너는 지고하고 지순한 꿈의 바다

만물일여만세시방

萬物一如萬歲時方

멱 감은 봄 붉은 속살 들추고 성큼, 흰 여름 들어와 자란다. 꽃
진다, 봄 간다, 서러워 마라. 지지 않는 꽃이 어디 꽃이랴. 꽃
지는 봄은 여름 두엄자리 데인 상처마다 여름이 돋아 그 여름
익어 가을로 붉어지면 상처로 꽃피운 봄의 보람이니 사철, 어찌
따로 오고 가겠느냐. 달큼한 서리감 붉은빛 그 속에 봄여름 없이
가을만 있겠느냐. 누가 과거 현재 미래로 나누어 부질없는 한숨,
세월을 덮는가. 만세가 다 시방時方이고 그만이지 과거 미래
따위가 어딨다더냐. 나는 어디서 와 어디로 가는가, 나도 생사가
다 흙이니 꽃이다.

이팝꽃 당신

어느 봄볕에 여물었나
바람결에 겨를 벗고
저리 흰쌀을 가득 지어
또 슬픈 풍년,
주름마다 한숨이겠구나
햇살이 피운 향기는
봄 숲 가득 아찔하여
밤새 내 꿈을 건너오신
사랑, 이팝꽃 당신

밥과 똥

아침 산, 문득 똥이 마려워 바위 뒤에 구덩이를 판다. 요새 똥은
똥 같지도 않아 거름은커녕 독 될까, 산에 미안하다. 밥을 먹으면
똥이 나온다. 똥이 나와야 밥을 먹는다. 똥과 밥은 섞이기도
한다. 누군 똥을 입으로 싸대고 밥을 똥구녁으로 먹는다. 밥이
똥 되는 건 여전한데 똥은 더 이상 밥이 못 된다. 밥이 못돼 쌓인
똥더미에 인간은 코 박고 죽을 것이다. 밥에 탐욕이 더해질수록
똥들은 밥에서 멀어진다. 오늘도 내가 누는 똥에는 똥파리도
아니 스치운다.

꽃창포

금빛 부신 햇살
오월 내내 머금어
뿌리에 쟁였을까
단오 창포에 감아
창포 비녀로 쪽진
우리 누나 머릿결
햇살 향기가 났다

말喜, 그 건너

_K와 L의 '말씀'에 부쳐

고삐 풀린 말馬 내닫는 서슬이
바람을 몰아 우수수, 봄꽃 진다
젖은 꽃 짓밟아 지나간 그 건너
미친 말굽에선 향기라도 날리지

고삐 풀린 말喜 지르는 서슬이
악취를 몰아 철퍼덕, 똥물 튄다
성난 마음 베고 지나간 그 건너
날선 말굽에선 슬픔이 날린다

말喜, 그건 바로 너다
아무리 멀리 내질러도
그 건너엔 도로 늘 너다
그 말에 베이는 것도 결국
너이고 너다

어설피 날선 말들이 꼬나보는
그 건너,
무지른 자해로 깊어가는 밤
건너온 슬픔들이 목을 맨다

....51

춘향에게

춘향아, 비바람에 봄 지는구나

연희가재울 모래내에서 상암망원 한강까지
시오리 물길 따라 꽃길 가시는 임 불러 세우려
어제도 오늘처럼 아침부터 아니, 밤부터였을까
눈물바람 저리 환히 서둘러 여름 피더구나
모래내 냉정한 빗속에 네가 온 듯 창포꽃,
등불을 켜 환하더구나
천중 단오 기다려 창포물에 머리 감아
참빗 빗어 단장하고 그네 타는 네 마음이
비에 젖어 짠하더구나
잠원은 삼십 리 저 아래 뽕나무는 어디서 왔을까
새잎 돋아 무성하니 시경 용풍의 상중지희
그의 사랑이 설레더구나
언덕에 의기양양하다가 물가로 유배당한 찔레꽃
문왕을 잃은 정암의 탄식인가 그 향기,
비에 젖어서도 강물보다 멀리 가겠더구나

춘향아, 봄 진다 울지 마라
봄 진 자리, 여름으로 찬란할 테니
춘향아, 세월 진다 설워 마라
세월 진 자리, 사랑으로 뜨거울 테니

………

상중지희桑中之喜는 "뽕밭에서 연애하는 즐거움"이다. 시경 〈용풍〉에 나온다.
정암 조광조는 중종이 보낸 사약을 먹고 전라도 화순에서 서른여덟의 삶을
떠나보내며 탄식 같은 시조를 남겼다.
― 저 건너 일편석이 강태공의 조대로다. 문왕은 어디 가고 빈대만 남았는고.
석양에 물차는 제비만 오락가락 하더라.

모과를 위한 변론

— 할머닌 왜 이가 없어?
— 모과를 많이 묵어서. 넌 그러지 말거라.
나 어릴 적 가을이면 사립 옆 주렁주렁
노랗게 익은 모과, 침 넘었는데
못 생긴 모과라니, 도무지 의아했다

초록 싹 위로 올망졸망 연분홍 다섯 잎
바람에 하늘거려 천지 가득 유혹의 향기
매끈한 몸피 가지마다 추구월 잎 보낸 자리에
고운 목과木瓜, 과연 나무에 열린 참외

어머니의 설탕에 재워져 겨우내 차로 술로
온 동네 파다하던 모과 향 그리워지는 봄밤

오월 꽃밭에서

오월 꽃밭을 보네
피보다 붉어진 꽃밭
고려는 그저 부처 팔이 귀족의 나라
조선은 그저 공자 팔이 양반의 나라
오월 꽃밭을 보네
눈물보다 깊어진 꽃밭
해방조국은 부역자 이어 예수 팔이 보태
그저 군인 재벌들의 나라
오월 꽃밭을 보네
죽음보다 깊어진 꽃밭
지금은 누구의 나라일까
나의 나라는 어디쯤일까
오월 꽃밭을 보네
돈보다 깊어진 꽃밭

목련에게

겨울 뜨락 쌓이던 눈이
다 어디 갔나 했더니
네 뿌리 내린 붉은 흙에
남 몰래 품어 쟁였다가
한 잎 초록도 틔우기 전에
엷은 봄볕에 몸이 달아
하얀 숨을 토해내는가

눈꽃

남원 구례 하동 섬진강물결 따라
마을이며 골마다 매화 분분하더니
밤 내 눈꽃 피어 오던 봄 잠들었네
바람조차 숨죽인 햇살 없는 산야
어찌 저리 눈물겹도록 찬란한가

햇살 부신 아침

해가 마구 쏜 살들, 햇살
촉이 없어 빛으로 물드는
그 살에 온몸이 붉어지며
아침 모래내 따라 흐른다
풀잎들 나뭇잎들 꽃잎들
굽이돌아 내리는 냇물들
비어서 아득한 저 창공들
생긴 대로들 햇살을 맞아
연둣빛 흰빛 금빛 초록빛
사랑하기 좋은 오월 아침
제 빛으로 깊어져 부시다

봄비에게

종일 붙박여 자판만 파먹다가
나서니 밖은 축축한 칠흑이다
젖어 반짝거리는 가로수 보니
봄비 봄, 봄, 오지게 오셨는가
그것도 모르고 사막에 갇혀선
모래바람에 마르다 바스라져
먼지로나 풀풀 하루 보냈는가
길에 뜰에 산에 강에 온 데에
날 찾아 벼락으로 오신 당신,
어둠속에 봄만 두고 가셨는가

생의 의지

벗들,
바람에 쓸려
우박에 파여
흠결 많은 생이라도
깎이고 헐린
모서리를
내 딴의 사랑으로
벼리고 메우며
온몸으로
온힘으로
살아보려 하오
살아지는
최후의 순간까지

그날

그날이어요
어머니,
거기 남녘에도
비가 내릴까요
눈물 없는 여긴 말만
무성하다고
밤새 비가 내려
붉은 철쭉 파랗게 젖은
울음이
피기도 전에 지는
아침이어요

어머니,
그날이어요
세월은 흐른대서
세월이라는데
흐르지 못해 멈춘 세월
칠년, 그날이어요
하필 봄꽃 피는
세월 가슴에 쟁여
철쭉 붉은 울음으로 지는
그날이어요
어머니,

흐르지 못하는 세월
무장 쟁이는 봄마다
서러워도 꽃은 피지만
울음도 함께 터져
세월이 멈추는
그날이어요
어머니,
3월 4월 건너 5월까지
멍들어 쟁인 세월이 어디
봄뿐이겠어요
끝내 덮어버려서

멈춘 세월이 어디
오늘만이겠어요
낮아서 서러운 삶들은
아니 죽음마저도
이제 삼백예순날
그날이어요
봄이 와도 봄 없는
그날이어요
어머니,
가난한 가슴들 종일
비에 젖겠지요

02
/
여름에

사는 것

기다려 탄 버스에서 내려
건널목 신호를 기다리다
맞은편의 기다림들 보며
다들 기다리며 사는구나
사는 게 기다림이겠구나

나는 누군가를 기다려주고
누군가는 날 기다려주어
그리 기다림들 어우러져
비로소 한세상 사는구나

죽음이야 굳이 기다리지
않아도 절로 오는 것이니
사는 것만 기다릴 일이다
그 설렘으로 견딜 삶이다

비 기다려 한나절 가련가
하늘이 흐려 아련하구나

인문학

어둑한 백련산 들머리
가랑비 사락거리는데
우유 배달 오토바이가
깔끄막을 겨우 오른다

그걸 보고 있자니 문득
비 쏟던 아침이 여러워서
낯이 화끈거린다

다섯 시면 오던 신문이
일곱 시가 되도록 안 와
신문 걱정만 하다 말고
빗속 그 사람 걱정은 왜,
건성이나마 못 했을까

어디 쥐구멍에라도
숨고 싶어진 아침이다

호두에게

원래 이리 푸르다 못해
생기로 볼이 미어졌구나
대보름 부럼으로 까먹던
쭈글 해골바가지 같은 건
네 겉이 아닌 속이었구나
봄의 생기를 품은 네 속을
파먹고 살아온 나는 늘
봄 대신 네 무덤이었구나
네 꽃피는 때도 모르면서

햇살

백련산이 올려다 보이는
창가에 누워 뒤척이는데
문득 노란 개나리 촘촘히
한 울로 피어 눈부십니다

시 넘게 웬 개나린가 싶어
눈 부비고 가만 살펴보니
줄지은 해송 붉은 몸피에
와서 부딪는 떤동입니다

놀란 가슴 아직도 콩닥거려
나 뛰쳐나가 저 솔이라면
밤새 바다를 건너온 햇살
당신이었으면 좋겠습니다

©知友

시는 질문이다

질문이 없다는 것은
궁금할 일이 도무지 없다는 건데
그런 삶은 어떤 삶일까
시인은 시시콜콜한 것까지 궁금한 자라서
시는 늘 질문이다
그 답은 자기 안에 또는
관계의 행위 안에 있다
시는 질문함으로써만 겨우 시가 된다
시도 그렇지만 모든 인문학이
자기 내면을 겨냥한 아픈 질문이다

사랑을 위하여

내게 그 사랑은 물 같아서
온 생명을 의지해 살아도
여태 사랑인 줄도 몰랐어
사랑은 공기 같은 거라서
그 안에서 숨 쉬고 살아도
여태 사랑인 줄도 몰랐어
사랑하는 이는 흘러가도
그의 사랑은 내 안에 남아
나 사랑으로 이 밤을 건너
누구라도 흘러가는 거야
사랑만 남긴 채 다 가지고
사랑을 위해 떠나는 거지
이제는 더 슬퍼하지 않아
꽃이 져도 계절이 흘러도
이제는 더 슬퍼하지 않아
지면서 피고 가면서 오는
그 사랑으로 하루를 살아

강, 물이 내는 길

밤을 씻겨 재우고 아침까지 내린 비에
온 강이 생기로 깨어 물길이 소란스럽다

청계천 복원한다며 시멘트 수로를 낸 것은
강을 물로만 보고 로봇물고기 워터파크 만들잔 게지
사대 강 살린다며 속을 모조리 들어 낸 것은
강을 돈으로만 보고 자본의 놀자판 만들잔 게지

물이 내는 길이 강이고 사람이 내는 것은 수로야
강은 물에 맡겨야지, 물만 강이 아니야
바위자갈 풀숲도 모래무지 두루미도 모래무덤도
다 강을 이룬 식구들이지, 이것들 없이는 강도 없어

강은 물길이기도 하지만 물이 거둔 것들의 거처야
흐르고 흘러 길을 내면서 여린 것들을 품어 기르고
거스르는 것들까지 보듬어, 강은 생명의 모태야

나다

나는 것들은 다 제각각 나다
뭐든 뚫고 나오니 나일 수밖에 없다
지어진 것들 말고 나는 것들은 다
제 생김대로 나다
내가 배추를 먹으면
내가 또 다른 나를 먹어치우는 것이다
나는 무수한 나를 잡아먹고 산다
그런 나를, 인간은 탐욕에 잡아먹히고
미망에 잡아먹히고 집착에 잡아먹히고
마침내 제 손에 잡아먹힌다
나의 존재는 나옴으로 비롯되지만
나의 삶은 나로 살 때 시작이다

나는 나다, 무수한 나를 품은

© 知友

별리 別離

있을 때는 몰라
내가 있는 것만큼이나
늘 있을 것 같아서
그리 쉬 떠날 줄은 몰라
남아 있는 것들은
그래서 늘 후회가 남아
손이라도 한번 잡아줄걸
말이라도 좀 살가울걸
밥이라도 한 끼 나눌걸
후회는 늘 부질없지만
그게 사는 것인가 싶다가도
남은 눈물에 세월이 젖어

있을 때는 몰라
내 삶을 이룬 그의 삶을
가고서야 울음이 복받쳐
좀처럼 보내지 못하는 밤
그의 부재가 아니라
나의 존재를 애도해

헤뚜 쁘라띠아야

_비를 향한 대지의 고백

온 밤을 울어 새웠을까,
아침까지 짜락거리는 너는
방울방울이 다 인연으로
푸석푸석한 내 몸 깊이 적셔
생기로운 아침 피웠구나

네가 그치면 다시 햇살,
인연도 다해 마를지언정
마른 내게로 깊이 스며든
오래 참아온 네 눈물이야
어디 쉬이 오고가겠드냐

인연이야 오면 가고 마니
바람 같고 이슬 같겠다만
인연으로 맺힌 마음이야
스며서 엉킨 우리 눈물이야
너 그친다고 마르겠드냐

....
헤뚜 쁘라띠아야(hetu pratyaya)는 '인연因緣'을 말한다. 불교의
연기론緣起論은 모든 존재를 인연에 따라 일어난 것으로 본다.

득량만 오봉산

조양산성 조양창 앞을 지나며 문득 고독한 사내를 떠올린다.
만신창이로 백의종군하는 길, 진주에서 통제사 직첩을 받고
1597년 8월 9일 보성에 와서 조양창과 군기창을 수습하여
군량 군기를 얻으니 천운이라. 조성들 지나 예당들 이어지고
저기 득량만 움푹한 곳에 우뚝 오봉산 솟아 장군의 벼린 칼이
하늘을 찌르니 '칼바위산'이라. 1592년 장군이 선소앞섬에서
군량을 얻고 득량도得糧島라 하니 득량만의 유래가 그랬다.
보성강 득량저수지 앞섶에서 울울한 깔딱고개를 차고 올라
고개를 드니 온 들이며 바다가 한눈에 들고 바람은 산들하다.
바다를 향한 천길 벼랑가로 난 그 길을 오르락내리락 두 식경,
수직의 칼바위 아득한 목울대, 거기 누가 미소 띤 부처를 새긴
공덕에 천 개 돌탑이 쌓였을까. 오봉 중 제일봉 몰랑지 오르니
득량만 너머 흥양 해남 훤하고, 돌아보니 백두대간 차고 나온
호남정맥 보성 천봉 아득하다. 함박꽃 향기 진 숲길 따라 내려
저쪽 말바위 아래 또 천길 벼랑, 우레 찾아 구르니 용추폭포
둘로 갈래져 하얗게 쏟아 내리는 얼음장 같은 소에 멱을
감는다. 도잠이 진작 오봉산을 알았다면 무릉도원을 달리
두진 않았으리.

어떤 장례식

햇살이 막 알맞게 부신 아침에
집을 나와 한길로 나서 가는데
잿빛 비둘기가 길로 날아들어
길 가운데 차에 치여 널브러진
제 짝을 안아내려 안간힘이다
눈 없는 차들이 마구 내달으니
피했다가 지나간 사이를 틈타
한시도 쉼 없이 그 일을 한다
그 짧은 순간에 그의 슬픔이
내게로 흘러와 눈물바람이다
태어나는 순간이 재난이거늘
어떤 죽음인들 슬픔이 없으랴

심연, 사랑의 거처

너를 더욱 깊이 담으려
바람에 닦인 거울을 이고
나는 날마다 새로 눕는다
폭풍이 몰아치는 날
하늘이 무너져 잠기면
나는 거울을 깨고 나와
엉겅퀴의 고독을 끌어안고
쓸려간 사랑을 슬피운다

역동

거스르는 것들은 모두 살아있다
살아있는 것들은 모두 거스른다
거스르는 것들이 세상을 약동시킨다
거스르는 것들이 피로 내놓은 길을
순한 것들은 부끄러워하며 가고
약은 것들이 웃으며 편히 간다
거스르는 것들은 있는 길을 가지 않고
새로 길을 내다 죽는다

개망초에게

졸음들을 거둬가는 바람에
진작 볼 붉혀 깨어난 계란꽃
아메리카는 네 고향 어쩌다
망국의 땅에 뿌리를 내려서
풀섶마다 수줍게 부신 게냐
풍우에 시리도록 흰 꽃물결
여름 빈 언덕에 넘실거리는
그 향기 바다를 건네려느냐
잊지 마라 애초에 너는 망초
여름내 못 잊어 자라는 사랑

라스 카사스

1566년 오늘, 그가 죽었다. 탐욕의 악령 콜럼버스를 필두로
아메리카를 짓밟기 시작한 유럽의 만행 74년 만의 일이다.
1484년에 태어난 그는 일찍이 누구보다 정복사업에 부지런하여
1513년 쿠바 점령에도 앞장섰다. 스페인 군종사제인 그는
그 무렵 설교하려 집회서를 읽고 있었다.

― 가난한 사람에게는 빵 한 조각이 생명이며 그것을 빼앗는
것은 살인이다. 이웃의 살길을 막는 것은 그를 죽이는 것이며
일꾼한테서 품삯을 빼앗는 것은 그의 피를 빨아먹는 것이다.

그는 이내 참회의 눈물을 쏟으며 내가 행한 모든 것이 부정하며
끔찍한 일이었다고 고백했다. 이후 그는 죽을 때까지 50년간
원주민을 위해 싸우고 헌신했다. 그는 아메리카를 지옥으로 만든
유럽의 탐욕과 죄악에 맞서 싸운 최초의 유럽인이자 사제였다.
그는 진정한 인문주의자였다. 남미해방전선 전설 볼리바르는
그를 존경하여 헌사를 남겼다.

― 그는 아메리카의 선지자이자 우리의 영웅이다!

....

〈집회서〉는 가톨릭에서 인정한 구약의 제2정경正經. 지혜 문학서 중 하나로,
〈잠언〉에 비견된다. 500만 명이던 타이노족은 1492년 히스파니올라 섬에
콜럼버스가 처음 도착한 지 25년 만에 5만 명만 남았다. 495만 명은 전염병에
죽거나 서양 '문명인'들에게 학살되었다. 생존자는 노예로 부려졌다.

집으로 가는 길

땅거미가 지면 더러는 집에서 나오기도 하지만 대개들 집으로
향한다. 또 더러는 집도 절도 없어 갈피 없는 길을 떠돈다.
집으로 가는 길은 가깝지만 부러 멀리 돌아가기도 하고 가끔은
아주 멀어져서 낯설다. 돌아가는 핑계도 갖가지라 집으로
가는 길은 십중팔구 달빛 아래 술에 젖은 노래가 들었다 났다
하게 마련이다. 집으로 가는 길은 일상이지만 문득 오래 갈 수
없게 되어서 기다리느라 눈물 젖기도 한다. 어떤 날은 설레어
환했다가 어떤 날은 심란해 까맣더라도 길은 어김없이 거기
있었다. 집으로 가는 길.

농담, 몸무게를 줄이는 법

뭍짐승들은 몸을 털고 새들은 깃털을 고른다. 사람들 방법은
따로 있다. 우선 즐겨 충분히 먹어서 기준 몸무게를 높여준다.
이제 쉬운 것부터 행한다. 머리칼을 깎아서 11g 감량, 손발톱을
깎아서 4.5g 감량, 침을 뱉어서 3g 감량(가래침은 5g씩 줄어든다),
한숨을 쉬어서 0.5g 감량(이건 요요현상으로 무효다), 우습겠지만
웃어선 못쓴다. 늘어서 난린데 이게 어딘가. 그럼 큰 것 두 방을
말하겠다. 오줌을 눠서 75g 감량, 똥을 싸서 137g 감량(손수 재본
것이다). 이것들 다 그때뿐이라고? 다른 것들도 하다가 말면
마찬가지로 그때뿐 아닌가. 그래도 정 시원치 않다면 결정적
한방을 말하겠다. "불가역적" 방법이지만 세상 젤 어렵다.
하지만 마음만 먹으면 의외로 쉽다.
— 욕심을 줄인다.

한때

처서는 이미 멀리 갔어도
가을은 여직 여름 뒤에 섰다
저 환장하게 푸진 것들도
창창하던 젊음도 한때야
잎들이 다 시들어 가는데
남은 몇 잎이나마 붙들어야
가을볕에 겨우 익어가지
까치밥도 되고 좋은 씨도 남지

어깨 걸고 하루 함께 웃는,
오랜 벗들이 남은 몇 잎이야
한때를 보내고 겨우 남은

비, 강의 사랑

갈바람 떨던 강에
마침내 비 내린다
비는 강의 사랑이다
아니 온 듯 조용히
그러나 속으로 뜨겁게
닿는 대로 강이 되어
끝까지 함께 흐른다
그 끝이 어딘지
모르지만 끝끝내
손을 놓지 않는다

바람의 사랑 1

색깔도 없으면서 아무데고 있어
사랑 아닌 데가 없다
형체도 없으면서 아무 때고 만져져
사랑 아닌 적이 없다
종적을 모르도록 길 없이 길을 간다
남쪽은 태풍으로 난리라는데
저것 봐, 올라오는 길에 순해져
부신 물결 잠을 재우듯 쓸어가
사무쳐 가없는 그리움 파문波紋,
바람의 사랑

바람의 사랑 2

밤새 남쪽바다에서 짓쳐온 드센 바람이 짐짓 속삭인다. 강 따라
무성한 수풀을 쓸며 누워 봐요, 여름내 초록으로 서 있기만
했잖아, 누워 봐요, 뿌리 힘마저 탁, 놓아버리고 아주 누워서
하늘을 좀 봐요, 나를 보낸 저 시커먼 하늘이 이제 곧 비를
뿌려댈 거예요, 서서 맞던 비 누워서 마셔요, 한결 가벼워져
일어설 테니 격류에 휩쓸려 뽑히기 전에 누워 봐요, 다 놓고 누워
봐요, 곧 일어나 가을로 물들 테니

사랑하는 법

난 사랑을 잘 모르지만요 하나만은 조금 알 것 같아 그 사람,
오래 사랑하는 법 그게 뭐 애쓴다고 되겠어요 미모야 햇살에
꺼지는 이슬 부귀야 한바탕 지나가는 꿈 그러니까요 그러니
말예요 날마다 새로운 듯 우러나야지 그러려면 그 사람 눈에
넣고 오만 가지로 사랑하면 돼요 하루 하나씩 설레며 꺼내서
날마다 새로 사랑하는 거야 하루는 미소가 사랑스럽고 하루는
너털웃음이 멋지고 하루는 잘 먹어서 흐뭇하고 하루는 안 먹어서
애잔하고 하루는 철없이 굴어서 웃고 오만 가지로 사랑하다 보면
그렇게 백오십 년은 거뜬한데 사랑이 그칠 새 있을라고요 하나만
보지 말고 더 봐봐요 자꾸 보면 볼수록 더 보여요 오만 가지,
농담 아니라고요

전쟁

그리운 임 오매 그리듯 동동거린 보람인지
어제는 종일 비가 내렸습니다
우두망찰 스산한 강물에 지는 비를 보자니
죽음이 저리 무더기로 오면 죽음인지조차 모르겠구나
아니, 죽음도 아니겠구나 싶어서 송연했습니다

전쟁이 바로 저렇겠구나
생목숨 비 오듯 지는 죽음의 강이었겠구나
피아 따로 없이 "골로 갔던" 민초들의 무덤이었겠구나
삶도 죽음도 개별이 망각된 무참의 바다였겠구나

기다리던 비가 오는데 밤을 새고 아침까지 오는데
이아침, 반가움은 어디 가고 어찌 슬픔이 온 산을 적셔
하얗게 눈물로 피었습니다

모르는 사이

밤 샌 고양이가 높다란 담장 위에서
뭔가를 탁, 잡아채어 닭아먹는 모습을
풍경인 양 보고 있자니
고개를 돌린 고양이가 위험한 놈인가 싶어
도끼눈을 뜨고 나를 노려본다

비 그쳐 말간 아침, 한가한 풍경의 눈길에
긴장된 생존의 눈길이 날선 대치로 팽팽하다

우리는 서로 알지 못하므로
그는 경계를 늦추지 않고
나는 연민하지 않는다

개별과 집합

모든 산 것의 의미와 존엄은 낱낱의 개별성에서 나오지만
개별은 집합으로 모여 살아 집합은 늘 개별의 거처다. 개별들의
집합은 아름답지만 집합만 남고 개별이 망각되면 개별은 손쉽게
말살되고 말아 집합은 샘을 잃고 저절로 말라죽는다. 개별을
스스로 지탱하는 것은 외롭고도 고단한 전쟁이라서 집합 속으로
엎어져버리고 싶은 유혹이 무시로 엄습하지만 자립을 잃은
개별에게는 집합이 거처도 위안도 되지 못한다. 집합이 개별의
거처가 되려면 개별은 집합의 생기가 되어야 한다. 자립한
개별들이 지은 집합만이 개별을 구원할 수 있다. 여기서 자립은
무엇에도 매몰되지 않는, 무엇 앞에서도 비겁해지지 않는, 인간
위에 아무것도 놓지 않는, 꼴려 있는 정신이다.

요술액자

날 보는 눈길에 깨어나 보니
액자 너머 달빛 물끄럼하다
열려 빈 쪽 창은 액자가 되어
매순간 다른 그림을 담는다

장자의 허풍보다 큰 액자엔
바람도 걸리고 새도 걸리고
비도 걸리고 햇살도 걸리고
지금처럼 달도 걸려 담긴다

저 밀창 하나만 열어두어도
억만 개의 액자를 누리거늘
마음을 활짝 열어둔다면야

칠월에

칠월이 가네, 겨우 가네
그러도록 내내 비가 쏟아져
포도는 아직 익지 않았네

젖은 채로 머뭇거리다가
칠월이 가네, 다 가도록
삶들은 길을 못 잡아 서성이네

세상의 새끼들 다 키워놓고
칠월이 가네, 산바람에 나부낀
내 그리움은 저만치 누웠네

여름 한가운데 온통 눈물지던
칠월이 가네, 꿈에서나 웃던
내 사랑은 불러도 말이 없네

인간

모든 살아있는 것들은 짠하다
그중 인간은 더욱 짠하다
제 거처를 잡아먹으며
제 동족을 잡아먹으며
닥치는 대로 잡아먹으며
자멸의 벼랑을 높여온
인간은 그래서 더욱 짠하다
인간 말고 모든 존재를
마침내 인간 자신마저도
타자他者로 추락시킨 인간은
짠하지 않을 도리가 없다

이 아침,
스스로 짠한 마음에
눈물이 복받친다

하루살이

밤 새 한 뼘 더 깊이 젖은 세상은
흰 이빨로 울다 겨운 검은 짐승
인간이 제아무리 잘난 체해도
자연이 끝내 허락하지 않으면
밥 한 알도 제 입에 넣을 수 없어
장마에 폭우가 너무한다지만
자연은 애초에 그랬어
넘치는 물에 쓸리고 잠길 때마다
하늘도 무심하다 탓하곤 하지만
마음은커녕 하늘이 어디 있으며
언제 나는 하늘을 위해 뭘 했나
인간은 제 지은 재앙을 베고 누워
요행을 바라 하루씩 겨우 살다가
제풀에 소스라쳐 호들갑들이다

코로나, 길 없는 길

깊이 흐린 아침, 빗방울 듣기더니
북한산 비봉능선 온통 안개에 휩싸이고
발치는 아득한 어둠 모든 길이 잠겼다

내딛는 걸음마다 아찔한 벼랑 끝
가도 가도 길 없는 길
허방에서 허우적이는 전선 없는 전쟁

형체 없는 적은 그림자조차 없어
무찔러지지도 않고 잡히지도 않고
끝내 소멸되지도 않는다

모든 나는 적의 거처, 나는 이미 나의 적
시간을 앞지른 창궐, 도망칠 데도 없어
핵무기는 녹이 슬고 내 안에 키워온
또 다른 나와 벌어진, 총성 없는 3차 대전
여직 가본 적 없는 두렵고도 치명적인
길 없는 길

유일한 생존 전략은 겸손과 사랑의 연대
너를 살려야 내가 사는 전쟁

고목

영양제 맞는 저 은행나무
진작 오백 살이 넘었다니
풍우에 꺾이고 세월에 삭아
햇빛도 아껴 단출하다만
함부로 시퍼보지 마라
창대한 세월이 수백 년
제 남은 삶을 한껏 짜내
여직 금빛 황홀의 보시
그 아래 어린 나무들이
안심하고 숲을 이뤘느니

여름비

세상 모든 눈물을 거둬
사뿐, 올라갔던 바람이
구름을 몰아 내려오자
오래 목마른 것들이
물을 긷느라 부산하다
초록물 들이는 햇볕에
바싹 약 오른 땅것들이
목을 축여 순해지고
여름은 한숨 깊어진다

태풍

기나긴 폭염에도
개망초 백일홍 쑥부쟁이
여름 꽃들 환히 숲을 밝히고
동녘은 붉어오는데
소슬한 바람이 수상하다
어디쯤 왔을까
고요의 불덩이 심장에 품고
소용돌이쳐 복받친 아우성
어디쯤 오고 있을까
타는 여름 내내 기다렸지만
두려워 숨죽인 폭풍
아마 제주바다를 건넜을까
해를 삼킨 풍랑을 휘몰아
지리산 능선을 짓쳐 넘어
섬진 금강 울렁대고 있을까

폭우

숲은 잠겨 고요하고
대지는 깊이 젖어서
내는 이미 넘치는데

이 적막한 천지간에
바늘 틈조차 없도록
아주 촘촘히 채워서
무장 마구 쏟아내는

눈물진 네 인생인가
오래 참아온 울음을
너 대신 울어주려고
거센 바람에 치떠는

아, 비여, 여름 한 날
네 오랜 슬픔을 적셔
또 한 울음으로 타는
비여, 불꽃같은 비여

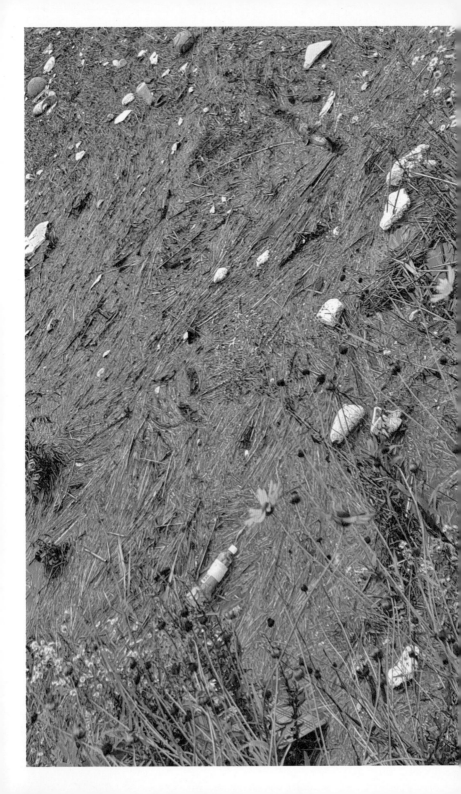

폭우 뒤끝

흙탕물 진 한강이
쓰레기더미를 이고 둔치로 넘칠 기세다
장마가 길어지고 때 없이 폭우가 내려
곳곳이 재난이다

재난 밖은 물론 재난 안의 것들도
서로 소통되거나 공감되지 못하고
개별일 수밖에 없어서 재난은 헬 수 없다
그런 재난은 또 불평등해서
이미 재난인 삶에만 덧친다

여러 날의 폭우가 은닉된 인간의 속속들을
강으로 바다로 남김없이 싹 쓸어내
대명에 종합전시한다

재난의 폭우 뒤끝, 널린 슬픔은 아프지만
속속들이 까발려진 나는
인간으로서 벌레한테도 부끄럽다

아침바람

이 바람
여린 잎싹 하나
미동도 없이 이는
뜬금없는 이 바람
햇살이 먼저 보내
아침 전하는 이 바람,

아련한 언젠가
내 볼에 머물던
당신의 눈물 젖은
그 미소일까요

몸

까무룩 몸이 꺼지는 성싶은
그 찰나에 의식도 함께 꺼져
내 몸에서 온 우주가 떠났다

깨어난 몸에 돌아온 의식으론
깜빡 졸았다 일어난 듯싶은데
몇 시간이나 떠났던 것이라니

몸은 이리 빈틈없는 실존으로
정신을 따로 가를 길이 없는데
옛사람은 어찌 이기理氣를 지었나

이상이 이런 시도 썼구나

이상李箱, 하면 날개의 비감悲感과 오감도의 기괴함만 기억해
떠올리다가 그의 〈이런 시〉를 보고는 새롭고 놀라웠다.

> 내가 그다지 사랑하던
> 그대여
> 내 한평생에 차마 그대를
> 잊을 수 없소이다
> 내 차례에 못 올
> 사랑인 줄은 알면서도
> 나 혼자는
> 꾸준히 생각하리라
> 자, 그러면 내내 어여쁘소서
>
> _ 이상, 〈이런 시〉

"내 차례에 못 올 사랑"에서 아린 가슴이
"내내 어여쁘소서"에서 눈물을 주체할 수 없게 되었다.
소월의 진달래꽃 사랑보다 곱고 저린 사랑이다.

책을 보다가

전에는 하루에 한 권을 읽어도 까딱없었는데 요즘은 겨우 한 대목을 봐내기도 자주 버겁다. 책 쓴 이의 짠한 마음이, 또 그 책에 나오는 이들의 고통 슬픔 자꾸만 밟혀서 읽다 말고 금세 덮곤 한다. 참, 책 한 권 읽어내기도 힘겹도록 아픈 세상이다.

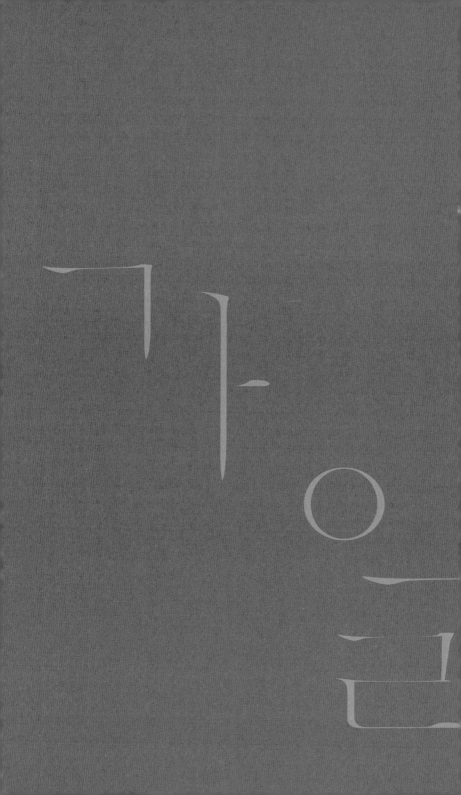

03
/
가을에

© 知友

가장 좋은 날

어제는
돌아갈 수 없고
내일은
닿을 수 없으니
오늘

가을 사랑

물드는 거야
상처 난 마음
햇살에
물드는 거야
그리운 마음
달빛에
물드는 거야
꿈속의 당신
바람에
물드는 거야
뜨거운 빛깔로
낙엽의 찬란한 순간을
함께 살려고
가으내 이렇게
물드는 거야

직지

깊은 밤 적막한데 누웠으되 잠정신은 말똥하다
직지 한 대목을 읽다가 놀라 일어나 가슴을 친다

시신을 버리는 숲에서 처녀들이 노니는데
한 처녀가 시신을 발견하고는 동무들한테 말한다.
– 시신은 여기 있는데 사람은 어디 갔을까?

죽은 것을 보면 다들 기겁하고 도망치기 바쁜데
사람을 궁금해 하다니, 부처의 마음이구나

....
직지直指는 直指人心見性成佛로 "(에돌지 않고) 사람의 마음으로 직진하여
본성을 들여다보아 깨친다"는 선문의 오도송이다. 직지심체요절이
세계 최초의 금속활자본이라는 부질없는 자랑에만 붙들릴 게 아니라
"몸뚱이는 여기 있는데 사람은 어디 갔을까?" 자문해보는 하루가 되길 빈다.

사리바다

야윈 자리 선연한
동천 기우는 눈썹달
밤샌 그리움에
그믐사리 썰물 지면
거금도 빈 바다
바람 불어 쓸쓸하리

흰 아침 밀물 들어
적대봉이 잠긴들
꿈이야 꽃이야 어찌
활짝 피지 않으리

고향 하늘

하늘이 저리 파랗다니
구름이 저리 하얗다니
천지가 이리 부시다니

늘 있던 것 늘 잊고 살다
새삼스럽게 놀라는 마음

이런 것들 말고도 나는,
얼마나 많은 부신 것들
까맣게 잊고 살았을까

무슨 영화를 구하느라
하늘 파란 줄도 몰랐을까

지인, 남을 안다는 것

나는 그를 모른다
그 하는 말과 짓을 보고 짐작할 뿐이다
나는 너를 모른다
오래 나를 보듯 봐왔지만 결코 너를 알지 못한다
어제 본 널 미루어 오늘도 널 아는 체할 뿐이다
그나 너뿐 아니라 나는 나도 알지 못한다
어제 오늘이 다를뿐더러
그1과 그2, 너1과 너2에게 각기 다른 나를 종잡을 수 없다
매순간 각색된 남이 나로 나서 남들 앞에 유세할 따름이다
결국 나는 아무도 모른다
아는 것이라곤 내 안에서 편집된 그와 너,
정체 없는 내 그림자뿐이다

인연이다

바람 불어 나뭇잎 흔들린다
인연이다
옷깃만 스치는 인연도 무려 오백 겁이다
천지개벽하는 시간이 한 겁이라니
얼마나 겹나는 인연이냐
나고 죽는 생멸生滅도 다 인연이다
인연은 돌고 도는 것,
생멸은 다 공空이어서 불생불멸不生不滅이어니
피아彼我의 분별이 무슨 부질 있겠느뇨
냇물이 쉼 없이 흐르듯 나도 날마다 흐른다
꿈조차 흘러간다
냇물은 바다에 닿겠지만
나는 너에게 가서 닿고 싶다
붉게 타 흐르는 가을, 우리 마음을 나눈다면
만겁의 인연이다

지렁이

어둠을 집 삼은 너는
땅이 살아있다는 증거
과연 토룡이구나

이 밝은 세상에서 나는
대체 무엇의 증거인가

봉별

은빛 물결에 넋 놓고 있는데
문득 김광석의 노래 맴돈다
— 또 하루 멀어져 간다.
인생 청춘이야 그렇다지만
우리 만나고 헤어지는 일이야
또 하루 가까워진다
물결은 수억 갈래 따로 흘러도

바다에서 한 몸으로 만나는데
우린 흘러 어디서 다시 만날까
매일 이별하며 살고 있다지만
우린 날마다 만나며 살고 있다
아니,
이 세상이 한 바다 속인데
봉별逢別이 어디 따로 있던가

© 知友

반달에게 1

박하 향 수북한 흰 아침
하늘 가득 빛나는 별 가운데
너는 겸손한 반으로 떴구나

기꺼이 절반의 빛을 덜어
저편 버려진 세상에 뿌리고
온달의 충만한 욕심도 없이

울음이 타는 가을 밤 내
가장 찬란한 별로 살았구나

타는 그리움

눈물이 어려
어둑한 길모퉁이,
등불 하나
켜놓았습니다

울음이 타서
불길이 되기 전에
행여 당신 오실까,
이 모퉁이에서
나는 하염없습니다

똥

금빛 똥 편히 곱게 눈 아침
오랜만이라 그도 눈물겹다
옛적에 할아버지 이르시길
똥이 편해야 신간도 편하니라
어떤 똥이든, 먹기에 달렸으니
밥도 맘보도 바르게 먹어야
그 똥도 두루 편할 테다
오늘 아침,
똥들은 편안하던가

징검다리

나한테 반쯤
길을 내어준 냇물이
어깨를 짚고 앞 다투느라
우렁우렁하다

한순간 경계도 없이
온몸으로 받아 안아
밤샌 슬픔을 건네준다

징검다리 너머 당신,
온통 햇살이다

안녕

아침 버스 북새통에 전화소리 엿들린다
안녕하세요? 응 그래… 안녕?
간밤의 안부를 묻는 인사 안녕,
참 좋은 말이다
'약소국의 비애'는 겉 넘은 오지랖이다

간밤 나의 안녕 뒤엔 숱한 노고가 있고
밤새 안녕 잃은 슬픔들 뒤엔
투표를 잘못했거나
퇴근길의 그 일을 외면했거나
안녕에 쓰일 세금을 훔쳤거나
숱한 불안에 무관심했거나
하는 나의 명백한 죄가 있다
다른 안녕을 해치거나 외면하면
나의 안녕도 결코 안녕할 수 없다

오늘 하루도,
다들 부디 안녕하시길

시는 말일세

시는 음풍도 농월도 아니라네
시는 말일세
바람에 꺾이는 풀의 비명이고
달빛에 삭는 나그네의 하루라네
시는 경전의 자왈도 해탈도 아니라네
시는 말일세
공자의 찢어진 똥구녁이고
길바닥에 뒹구는 똥막대기 부처라네
시는 생각도 감상感傷도 아니라네
시는 말일세
생각이 엎어진 몸뚱아리고
감상을 딛고 일어선 삶이라네
시는 황홀한 비상도 찬란한 왕관도 아니라네
시는 말일세
한없이 고독한 추락이고
눈물조차 사치인 남루라네

그러니, 나의 끼적거림은 여직
저 깊은 추락에 아득히 닿지 못하고
구름 위에서 헛되이 우쭐댄다네

© 知友

가을이 진들

요 며칠 비바람에 젖어 떨더니
속리 깊은 시묘살이 온 골짝
곱던 단풍 수북이 길이 되고
천지간에 안개가 자욱해요

간밤에 찬이슬 습벽이더니
듬성하던 가을잎 마저 지고
붉은 열매만 주렁주렁 옹송거려
새들이 서리감 물고 울겠지요

가을 진다고 슬퍼 말아요
여름 내 저 살진 열매 키워놓고
삼동 추위 덮을 온기로 지는
가을이 뭐 그리 서럽겠어요

냉정

이 가을
달랑, 한 잎 남았다

희붐한 백련산 길
봄여름가을이 하나로
차곡, 쌓였구나

바람은 어찌
그새를 못 참아
이리, 시린가

가을 담쟁이

저기 담쟁이 봐
알록달록 물들어
가을이 깊어가

쓸쓸해 마요
저 깊은 속에 우리
찬란했던 봄도
뜨거웠던 여름도
고스란히 쟁였는걸

곧 단풍이 진대도
쓸쓸해 마요
저것들 붉은 심장으로
눈꽃 피워 나릴 테니

기다림

바람이 건드렸는지
툭, 떨어지는 홍시에 참새가 날아오른다
바람을 기다렸을까

바람은 기다려도 오고 기다리지 않아도 온다
기다리는 것들은 더디 와서 금세 가고
기다리지 않은 것들은 금세 와서 다시 온다

기다리든 기다리지 않든 오는 것들은 다
살아내야 할 내 삶이다
이 가을도, 곧 다가올 겨울도

저 세월들을 살아내야 기다릴 봄도 있을 테니

밤에 오는 가을

천지가 닫히면
밤마다 어둠 너머 눈물진
사랑, 그 먼 사랑
한 계절 건너 슬그머니 오는데

이 바람,
너의 손길로 떠는 바람
가을이 오는데

이 바람,
너의 숨결로 우는 바람
가을이 오는데

너는 왜 늘 여기에 없나
저 별은 왜 저기 홀로 뜨나

우리는 왜 다른 별에 사나

김수영을 읽다가

깊어가는 가을밤, 불현듯 마음에 밟힌 김수영을 만난다.
시를 읊다가 산문을 읽다가 삶을 더듬다가 뭔지도 모르게
끌어안았다가 데여서 화들짝 밀쳐냈다가 흐려진 눈으로
다시 담는다.
풀이 동풍에 나부껴 울던 초여름, 그 젖어서 뿌리까지 엎드린
울음을 껴안고 풀이 되어 울던 그는, 더 울다가 다시 누운 그는,
보름 뒤에 영영 다시는 일어나지 못할 곳으로 떠나고 만다.
좌절한 사랑을 남겨두고, 불안한 삶을 남겨두고, 구원받지
못한 가난과 죽음을 남겨두고, 구름이 되고 싶어 서러운 시를
남겨두고, 어쩌면 구원의 순간을 눈앞에 남겨두고 마흔일곱을
일생으로 남긴다.
그를 읽으며 나는 운다. 내가 부끄러워서 울고 초라해서 울고
안이해서 울고, 울다가 누워서 다시 운다. 그가 짠해서 울고,
그의 부서진 사랑이 아파서 울고, 그의 안간힘이 눈부셔 울고,
그의 시가 아득해서 더욱 운다. 온몸으로 사랑할 수 없게 된 그가
"온몸으로 밀고 나간" 시를 읽으며, 그 처절한 사유와 마침내
당도한 실천의 삶을 읽으며, 뿌리까지 울지 않을 수 없는 밤이다.
소리 없이 눈물만 홀로 우는 고요한 밤.

때

꼭두새벽 한적을 틈타
오랜만에 때를 밀어내며
또 한 허물을 벗는다

뱀은 허물을 벗으면서
새 살갗을 얻어 입는다지만
독수리는 온몸을 바수는
환골탈태로 부활한다지만

내 몸은 때의 온상이라서
벗겨도 벗겨도 또 허물이다
때도 안고 살면 몸이 될까
겹겹이 허물을 두르고 살까
몸을 버리면 허물도 버려질까

때 미는 아침, 때가 문제다
허물을 영영 벗을 길은 없지만
5그램 가벼워진 아침이다

나의 계절

쉬이 져버린 시월의 가을을 아쉬워들 하지만 나의 가을은 오지도
않아 보낼 가을도 없네 아쉬워할 시월도 없네 당신의 가을은
어디쯤인가 나는 여직 지독한 초록에 누워 달빛에 감긴 눈으로
당신의 가을을 보네 내게는 오지 않은 시월이 헛되이 흘러
마지막 미리내 꺼져가는 밤하늘을 보네 계절은 쉬이 가고 철없는
나는 계절을 잃고 여름도 가을도 아닌 가을도 겨울도 아닌
혼돈의 언저리에서 미리내를 더듬으며 잃어버린 계절을 우네

우는 가을

사나운 강 가운데 뿌리를 박고
고가도로를 떠받친 긴 허공에
바람이 매달아 키운 담쟁이는
저 너머 새로 닿을 세상이 없어
안으로만 푸지게 무성하다가
붉은 산 우수수 지는 강에 대고
서럽게 울어 제 심장을 토하다
환장할 불덩이로 쏟아지는구나

가을 편지 1

흐려서 깊은 밤,
세검정 지나온 홍제천은
붉게 타는 울음입니다

젖어서 푸른 아침,
꿈결에도 없는 당신은
아득한 나의 가을일까요

밤샌 어느 날,
냇물에 실려 온 붉은 잎 하나
당신인 줄 알겠습니다

가을 편지 2

달도 별도 없는 미명
잔서 마저 보내려는지
송하우送夏雨 흩뿌려요

바람에 혀 돋은 물결
산이 전하는 가을 소식
행여 당신도 오시는가,
헛된 꿈이 서러워요

© 知友

가을 편지 3

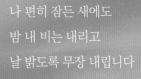

나 편히 잠든 새에도
밤 내 비는 내리고
날 밝도록 무장 내립니다

꿈조차 글썽이다가
잠들지 못한 당신,
밤새워 비로 오시는가요

밤

수선스런 낮엣것들 다 날개 접고 침묵에 드는
한낮에 들킨 부끄럼도 잠시나마 숨어 기를 펴는
술 한 잔에도 흥이 살고 노래가 절로 터지는
휘영청 달뜨면 이태백도 되고 김삿갓도 되는
애써 외면한 그리움 새록새록 살아와 가슴 후비는
안산 올빼미 불눈을 켜고 마실 나온 밤 쥐 여수는
부지런한 가을 농부 된잠에 빠져 코를 고는
오지 않는 손님 기다려 24시편의점 날을 새는
나그네 한잔 걸친 술에 가을 강 따라 흘러내리며
젖은 노래 한 자락 한 자락 풀어 애 녹는,
서늘한 한때

모래내

처서 백로 다 보낸 소슬한 바람에
안으로 스며내려 속울음 겨운 마른내

망국의 환향녀들 이때쯤 돌아왔을까
갈 곳 없는 울음들이
밤새 고여 흥건히 젖은 아침

모래내 밖으로 굽이치는 통곡
먼동은 어디쯤 왔을까

새들은 자맥질해 노는데
잊힌 세월, 거슬러 온다

04
/
겨울에

오
ᅮ
ᄅ

나목裸木

한 잎 없이 다 내어주고
바람조차 그냥 스치는
가난이라 웃지들 마라

눈부신 봄의 신록이며
청량한 여름 녹음이며
불타는 가을 단풍까지
너희가 다 누리고 끝내
남은 것이 내 가난이다

또 봄이 올 줄 알 테니
떨다가 눈물조차 마른
가난이라 웃지들 마라

대나무

빈 것들 안에는
소리가 살고 있다

소리는 빈 것이라서
허공이 제 집이다

제 안에 허공을 지어
소리를 키우는 대나무는

그 소리를 낳고 싶어
밤마다 바람을 안고 운다

나의 성탄절

몸살감기로 앓아누워 종일 책 한 권을 읽는데 더운 눈물이
하염없어 덮었다가 다시 펴기를 열 번도 더하다가 끝내 울음보를
놓고 만다. 농꾼 최성현이 눌러쓴 좁쌀 한 알 장일순 이야기다.
밑으로만 기어든 그에게 누구든 "너는 나"였으며 쥐를 위해 밥을
남겨놓고 모기를 염려해 등불을 켜지 않으며 절로 돋는 푸른
풀을 위해 함부로 계단을 밟지 않는다는 묵암선사의 가르침을
평생 가슴에 새겨 실천한 그는 우리 곁에 왔다 간 예수였다.
벌건 욕망의 십자가로 뒤덮인 공동묘지 같은 도시 풍경 대신 책
속에서 예수를 만난 오늘 나의 성탄절은 종일 복되었다.

동행

한 걸음
앞서가는 대신
뒤처진 한 걸음
기다려
나란히 걷는 따스함
바람이 찰수록
어깨를 지켜
동무로 남는 뜨거움
나란히 걸으며
눈빛으로
마음을 읽는
셈 없는 속정

....
모래내에서 마주친, 할머니를 세심히 보살피는
자그마한 강아지의 동행同行이 이랬다.

어떤 부음

35년 전 꼭 이맘때
군에 가 있는데
순천 서면에서 방위 받던
친구가 편지를 보냈다

― 아버지가 山이 되셨다

편지는
한 줄뿐이었지만
내 울음은
한 줄로 그치지 않았다
그러다 답장은 겨우 한 줄,
울음을 섞지 않았다

― 좋은 山이 되시겠구나

붕어빵

어저께 망원역 앞에서
저~ 삼천 원어치요, 하고
붕어빵 굽는 모습을 보는데
고숩고 달큼한 저것 하나가
간식으로 내 삶도 되겠지만
끼니로 저분 삶도 되겠구나
삶은, 빵 하나로도 맺어져
이렇게 면면히 흐르는구나
붕어빵 한 다리만 건너면
이 삶 저 삶 서로 기댔구나
나 혼자만 잘났다, 그러면
내 삶도 별것 아니겠구나
붕어빵 하나를 시퍼보면
내 삶도 그리 시퍼지겠구나

성경의 부처, 불경의 예수

― 천국은 눈에 보이는 것이 아니라
너희들 저마다의 안에 있느니라.

루가복음 말씀으로,
부처의 불재심중佛在心中이다

― 초목은 꽃을 버려야 열매를 맺고
강물은 강을 버려야 바다에 이른다.

화엄경 말씀으로,
예수의 빈자재복貧者在福이다

눈 내린다, 여기

공중에 오래 매달린 울음이
하얗게 얼어
눈 내린다, 여기

마른 잎으로 내려앉아
땅에서 다시 눈물짓는
눈 내린다, 여기

가난한 입 그리고 더 가난한 사랑
추락할 무게도 없이
눈 내린다, 여기

날들은 바삐 저물어 또 해끝 벼랑에서
사무치는 바람으로
눈 내린다, 여기

벌을 지나 산 넘어
물결에 휘날려 놀다가
눈 내린다, 여기

눈 편지

한낮이 문득 어둑해지자
새들은 금세 자취도 없더니
바람도 자는 적막을 타고
눈이 내려, 온몸이 날개야
내내 기다렸어, 숨이 막혀

나는 그 새하얀 날개마다
감춰둔 고백을 입김으로 써
사랑해, 차마 대놓곤 못한
이 한마디를 보내고 싶어
눈을 기다려 서성인 거야

거기도 사락사락 눈 내리겠지
두 팔을 벌려 가슴 가득
내가 보내는 편지를 받아
사랑해, 지워지기 전에
내 순백의 고백을 열어봐

답장은 아무래도 좋아
내 편지로 눈물이나 닦아
오늘은 그저 행복해야 해

영하 18도

욕 나오는 추위다
그래도 안엣것들은 산다
바깥은 죽음조차 언다
1미리 두께의 창을 두고
안과 밖이 너무 멀다
끝내 이 거리를 외면하면
창이 깨져 안도 밖이 된다
영하 18도,
밖이 안에 대고 절규하는
뼈저린 추위다

시의 마음

먼 길을 돌고 돌아와
신발을 벗어 털다가
덕분에 하루 잘 건넜구나,
짠하게 다독이는 마음

따숩게 자고 일어나
이불을 개어 올리다가
덕분에 또 하루 살겠구나,
살갑게 쓰다듬는 마음

짐을 진 채 집을 나서
길이고 톡이고 낯을 트다가
덕분에 혼자가 아니겠구나,
짐을 덜어 가벼워진 마음

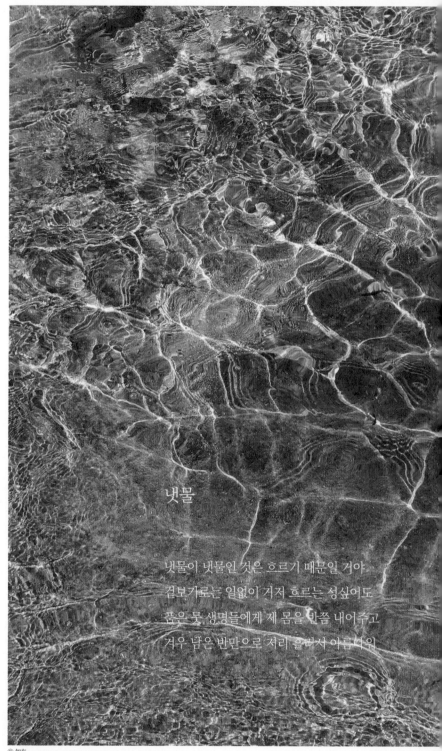

냇물

냇물이 냇물인 것은 흐르기 때문일 거야
겉보기로는 일없이 거저 흐르는 성싶어도
품은 뭇 생명들에게 제 몸을 반쯤 내어주고
겨우 남은 반만으로 저리 을러서 아름다워

© 知友

냇물이 아름다운 것은
끊임없이 흐르기 때문일 거야
냇물이 아름다운 것은
제 몸조차 내어주어서일 거야

빈 나뭇가지에 문득 달이 걸려 아름다운데
나는 오늘 무엇으로 아름다워질까 몰라

기다림 건너기

칼바람 사이로 언 세상
눈총만 맞아도 쨍 갈라져
이쪽 끝과 저쪽 머언 끝,
저마다 그 자리에 웅크려
하세월 마냥 기다려본들
도무지 닿을 수 없는 거리

양끝 옷깃을 잡아 여며서
단추를 채우다 문득 든 생각,
양끝이 기다림을 사뿐 건너
서로를 향해 반씩 접어드니
한 세상 뚝딱, 이리 따숩구나

파격

성긴 별은 구름 사이로 빼꼼하고
아침볕빛은 창문으로 네모져 비춘다
빛이 본래 네모는 아닐지니
창틀을 깨부수거나 아예 벽을 치워버리면
빛은 자유자재, 제 노는 모양대로 빛날 터

이제껏 그 각박한 틀에 갇혀
나는 날마다 내 안에서 시들고
부처는 절간에서 죽어나가고
예수는 예배당에서 다시 죽고
공자는 사당에서 타락했구나

내 안의 나를 날마다 지우고
절간이며 예배당 사그리 허물면
비로소 원융무애,
어찌 각지고 거칠 게 있겠는가

인간 혹은 존재

어둑한 길섶 저기 무덤 하나
풍우에 꺼지고 세월에 바스라져
숲을 키우며 또 한 세상 얻는구나
나도 저리 한줌 흙으로 보태지면
숲과 더불어 영영 평온하겠구나

그런데 어쩌자고 저 진시황은
불멸의 청동궁궐무덤을 지어
뭇사람의 구경거리가 되었는가
살아 웃음거리가 된 불사의 꿈을
죽어서나마 이뤘으니 다행인가

먼지

먼지 수북한 세월을 들춰보자니
갈피마다 절절히 사무친 그리움
시나브로 빛바래 자취도 없어라

뜨겁던 사랑도 이젠 흘러간 풍경
이별이 묵으면 그리움도 삭는가
사랑도 그리움도 말만 남았거니

한잔 술에 어쩌다 눈이라도 오면
너를 그려 속으로 울기도 하지만
잠든 새에 다시 먼지가 앉는구나

겨울비

그젯밤을 건너 어제 종일토록
헐벗은 계절을 깊이 적시고도
더 깊어질 무엇이 또 남았기에
숨죽인 울음으로 오는 것이냐
너는 사흘 밤낮을 그렇게 스며
어느 바다가 되고 싶은 것이냐
나도 네게 젖어 그 바다가 되랴

© 知友

편지

끙끙, 밤 내 쥐어짜 눌러쓴 편지
서랍에 넣고는 새벽길 나선다
그젠가 그 전날인가 모르겠다
층층이 우편함에 우편물을 넣는
집배원 아재한테 인사를 하고는
신용카드 고지서를 받아드는데
물음 잃은 대답, 문득 쓸쓸하다
― 편지는 없고 우편물뿐이에요.
늘 그립던 그 편지, 어디들 갔나
기다리던 설렘도 희미한 옛 추억
서랍 속 그리움, 부칠 수 있을까

겨울나무

먼동은 아직 일러 으슬으슬한데
빈 감나무가지에 마른 잎으로
참새 열댓이 옹송그려 매달렸다
털 시린 이 밤을 어디서 났을까
까치밥 떨어진 지 달포 전 오래,
빈 땅을 쪼아 먹고 또 하루 살까
적멸의 가지에 매달린 이 삶들,
내일이면 몇 잎 남아 동동거릴까

말言글語

말이나 글은
한번 밖으로 내면
제 것이 아니라지만
천만의 말씀이다

듣거나 보는 이가
수취거부하면 반송되어
도로 제 것이 된다

내 말글이 똥이어서
아무도 먹어주지 않으면
도로 제 입으로 들어간다

그것이 칼이라면
제 혀를 베고 말 것이다

내 몸은 종들의 무덤

그의 "애비는 종奴이었다" 하고 그는 시류와 보신의 종이었고
그의 시는 '배암'의 혀였고 그런 종들과 배암들을 주워 먹은
나는, 종들과 배암들의 무덤이고 나의 언어는 그 썩은 시체이고
시를 참칭한 나의 언어는 그런 시체에 슨 구더기고, 구더기가
내지른 오래 묵힌 똥이 쌓여서 진동하는 악취를 향기로 속이고
그 악취를 다시 구더기가 먹고 구더기는 내 몸에 날로 창궐하여
내 몸은 늘 편안한 종들의 무덤. 나의 언어는 강제로 혹은 착오로
주입되어, 대를 이어온 종들의 언어. 함부로 꼴린 싸구려 혀
놀림. 내 몸에 종도 배암도 아닌 평등과 주인의 언어 사뿐 내려와
앉을 날, 언제쯤일까.

얼음의 사랑

남자가 여자에게
대뜸 메일을 보냈다.

"네 이름을 발음하는
내 입술에
몇 개의 별들이
얼음처럼 부서진다."

여자는 이윽고
〈얼음을 주세요〉라는
시를 썼다.
비로소 시인이 된 그녀는
얼음을 나눴을까?

발밑의 노래

서설 분분에 환히 피었다가
잔설을 인 채로 설핏 잠든 숲

뽀도독, 눈길에 머리를 문댄
내 발바닥은 온통 귀로 열려
발밑의 달뜬 노래를 듣는다

번쩍, 별빛에 심장을 달군
내 발가락은 다 눈으로 열려
달뜬 노래에 눈물을 매단다

....
"내 발뒤꿈치는 일어서고 내 발가락들은 네 의중을 헤아리려 귀를 기울였지.
춤추려는 이는 귀를 발가락에 달고 있는 법이지"(니체, 〈춤에 부친 또 다른 노래〉)에서
발의 모티프를 빌려 썼다.

그늘

즐거움만 남기고
고통은 지우고 싶다만

그늘 없는 빛이
세상 어디 있겠느냐

내내 그늘로 살아왔고
그늘 때문에 빛을 본다

정 그늘 없길 바란다면
다음엔 도깨비나 되어라

적막

바스락,
마른 잎 밑장
봄 트는 백련산

달빛 아스라해
바다는 고요한지
바람도 잠잠하고

간밤엔 꿈도 없어
당신 소식 감감하고

잠 없는 나 홀로
길 잃은 기다림아

© 知友

기다리는 일

전차를 기다리는 시간은
늘 짧아서 아쉽다

플랫폼 이쪽 끝에서 저쪽 끝까지
천천히 걸으며 칸칸이 읊는다
스크린도어에 하얗게 뜬 소월은 애잔하고
헤세는 감미롭고 시민공모는 가끔 놀랍다
어떤 때는 읊다 말지만 흥에 겨우면
차를 보내고 마저 다 읊고야 만다

기다림은,
플랫폼에서는 당연히 내 일이지만
가끔, 어떨 땐 자주 전차의 일이 된다

오늘은 토요일 밤 깊은 시각이라
나도 전차도
기다림 없이 마침맞았다

시의 일

길은 서리 받아 미끄럽고
골목은 어둠에 잠겼다
새벽은 어디만큼 왔을까
박제된 짐승의 뱃속에 든
세상이 차갑게 반짝인다
한기에 으스스 떨던 나는
그 안에서 어쩌면 홀로
나를 응시하며 뜨거워진다
서러움의 늪에서 빠져나와
짐승의 굳은 아가리를 열고
숨길 트는 것이,
하찮은 밑돌이라도
아무의 길이 되는 것이,
시의 일이다

막다른 골목

어둑어둑 땅거미 질 무렵
강에 씻겨온 바람을 따라나서
아련해지는 골목길을 떠돈다
삶은 늘 어둑어둑하다

무서운 어둠을 벗어나려고
골목골목 작정 없이 헤매다가
막다른 골목에 갇히고 만다
담이 높아 넘을 수도 없고
땅이 굳어 꺼질 수도 없고
날개를 잃어 솟구칠 수도 없다

이럴 땐 스스로 골목이 되라지만
갇혀보지 않은 자의 말장난이다
삶은 그다지 그럴듯하지 않다
추상으로 살아지지도 않는다
자주 막다른 골목에서 주저앉아
겁에 질린 울음으로 밤을 샌다

막다른 골목은 말 그대로
막달라서 바람 한 점 없다
나의 그림자조차 무섭지만
그런 남루한 삶이나마 어쩌면
네가 기다리는 아침일 수도 있어
골목을 돌아 나와 밤을 건너
또 새로 하루를 산다

세월

바람에 세월 진다. 나뭇가지에 지고 빗방울에도 지고 담벼락에도
지고 달빛에도 져서 하염없이 흐른다. 흐르다 쌓여 흙이 된
자리에 눈물로 지고 비명으로 지고 간간이 꽃으로도 진다.
져서 흐르다가 어쩌다 겨우 전해진 것들이 켜켜이 쌓여 시대의
주름으로 남아 역사가 된다.
세월에 붙들린 나는 한 뼘의 역사도 쓰지 못한 채 자빠져 있는데
오늘 하루 또 그저 흘러간다. 날을 지나 밤마저 소스라쳐 빈 뜰에
공연히 진다.
봄은 초록을 품고 여름으로 건너가 시퍼렇게 깊어지고 가을은
초록에 불을 질러 산에 들에 그대 가슴에 색색으로 눈멀도록
타다가 한순간 눈부시게 진다. 가을은 그렇게 져서 나무들의
겨울을 위해 마른 낙엽으로 쌓인다. 지는 것들도 그렇게 사랑이
된다.
나의 사랑은 아직 설레는데 그림자로나 지는 나의 그리움은
날마다 밤마다 홀로 서럽다. 세월은 바람에 지고 사랑은 세월에
지는데 나는 그대 그림자에 진다. 모든 것은 세월을 먹고 살지만
끝내 세월에 진다.

창

밥벌이 자판을 두들기는데 누군가 뒤꼭지를 간질인다. 앞창
넘어 쳐들어온 햇살이 유리탁자에 세 들어 부시다. 한 평 살림이
추위를 녹이고 나는 창 안에서 안도하지만 창밖의 바람을
알지 못한다. 연한 커피에서 피어난 김이 햇살에 물들어 창에
아롱지고 그 아래 게발선인장, 햇살에 붉은 꽃잎을 연다. 창은
마음이 드는 구멍이지만 현실세계를 안과 밖으로 나눠 딴 살림을
내는 벽이기도 하다. 한겨울, 철벽을 부수고 들어온 햇살은 저리
불꽃을 피우는데 닫힌 나의 창은 여전히 벽이다.

반달에게 2

반쪽이 모자란 너라서
내 사랑이 숨을 쉬겠구나
반쪽이 그리운 너라서
문득 내 생각도 나겠구나
네가 온달로 차고 나면
그저 망연히 바라볼 뿐
내 얹힐 자리가 없겠구나
그것도 사랑이라면
눈물이라도 보내야겠구나

게발선인장에게

장미꽃 오뉴월 진작 붉더니
찬바람 도는 십이월 해끝에
너는 이제야 피보다 붉구나
장미에게 가시를 내어주고
얻어서 겨우 피워낸 그 꽃은
내내 안으로 찔려 서럽다가
토하는 네 울음이겠구나

나의 안부

겨울 하루 뉘엿뉘엿 구름 속에 지는데 노을이 한강에 꼬리를
끌고 태극기가 바람에 펄럭입니다. 그 펄럭이는 사연은
모릅니다. 본 김에 살짝 궁금하긴 하지만 내겐 그저 스치는
풍경입니다. 문득 나는 누구에게 무엇으로 펄럭이는 깃발일지
궁금해집니다. 삼백예순날 밤이고 낮이고 내 안에서 펄럭이는
당신에게 나의 안부를 묻습니다. 나는 잘 있지요? 가끔은
나부끼던가요?

밤에

또 하루 어김없이 저물지만 나는 밤 깊도록 하릴없이 저물지
못하고 그리움의 심지를 돋아 올린 불꽃에 가슴 태우며 가만
앉아 닫힌 창문을 바라본다. 오늘도 알게 모르게 무수한 말들이
아름답게 포장되거나 살벌하게 과장되거나 졸렬하게 왜곡되어
홍수로 흘러 바다를 이뤘겠지만 전해지는 말들은 살아내는 삶을
하나도 온전히 전하지 못하고 조각나면서 바람에 칼날을 실어
서로를 벤다. 그래서 나는 차라리 이 침묵의 순간을 경배한다.
시간에 덜미 잡혀 쓰러진 말들이여, 말들에 깔려 질식한
그리움들이여, 달무리 진 밤 나의 그림자여 안녕

생명

감자를 냉장고에 넣어두곤 오래 잊었다가 꺼내보니 시퍼렇게
질린 채 말라간다. 버릴까 하는데 푸른 멍의 울먹임이 내게로
건너와 기어이 나를 울린다. 탁자에 올려두고 저걸 어쩌나
망연히 바라보다가 문득 내가 죽이지 말고 살든 죽든 제
탓으로 돌려놓자는 작심이 든다. 감자처럼 오래 잊힌 채 낡아진
화분을 찾아 꺼내 심어 물을 주고는 반나절을 함께 햇볕을
쬐며 살아다오, 그 울먹임으로 부디 살아나서 무성하게 자라
눈꽃 같은 꽃을 활짝 피워다오, 눈길로 어루만진다. 이후로도
아침저녁으로 얼 새라 살피는데 보름이 지나도록 푸른 멍의
울먹임만 깊어가고 싹을 내밀 낌새가 없다. 그래도 의심하지
않고 화분을 싸매 더욱 따뜻이 살폈더니 한 달이 지나 마침내
연초록 싹을 내민다. 하, 생명이란. 한번 살아나자 우후죽순이다.
남의 손에 죽을 뻔한 생명 하나가 제 울음으로 다시 살아나
무성해지는 이아침, 모든 생명 앞에 나는 하필 인간이라서
죄스럽기도 하지만 두렵고 또 두렵다. 또 인간으로 살아내야
하는 두려운 하루다.

오리무중

한 길 건너 밖은
온통 안개 속이다
어제 저기 있던 것들을
오늘 나는 알지 못한다

한 뼘 아래 마음은
더욱 안개 속이다
아까 먹은 내 마음도
지금 나는 헷갈린다

더구나 어제의 너를
오늘 내가 어찌 알겠는가

안개는 곧 햇살에 지겠지만
안이거나 밖이거나
나이거나 너이거나
삶은 내게
내내 오리무중이다

성찰, 나를 의심하다

나는 예나 제나 변함없는
나의 비판정신을 사랑한다
앞으로도 그럴 것이다
그러나 내 비판의 말은
자주 감정 실린 독설이었고
때론 욕설이었고
배설이었음을 자백한다

나의 언어에는 종종
다른 사람을 베는 칼이 들어서
결국 나도 그 칼에 베이고 만다
나는 새삼 나를 의심하며
그런 나의 언어가 부끄럽다

내 비판정신의 가장 큰 적은
사실관계의 시비도 아니고
다른 사람의 반론도 아니고
바로 나의 의도였고 계기였고
무엇보다 나의 언어였다

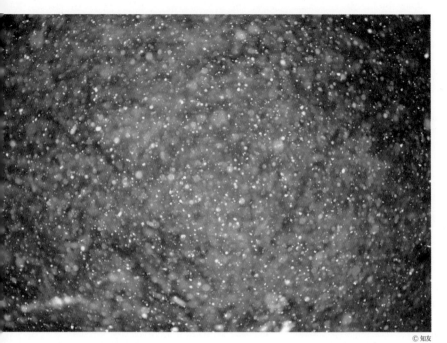

© 知友

새벽이 오기 전의 이 적막은
나를 부끄러워하기 좋은 시간
나의 말에 베인 상처들에게
나의 벗들에게
그리고 나 자신에게
무엇보다 나의 적들에게
진심으로 용서를 빈다

잡초

도처의 노래방마다 따라지 삶으로 빙의되어
"이것저것 아무것도 아닌" 잡초로 불리는 나는
묶음으로 싸잡혀 영문도 모른 채 잡초 된 나는
움트는 봄 무성한 여름 지나 분주한 가을,
온 들이 비도록 묵인된 한 치 거처도 없어서
황량한 겨울 눈 쌓인 박토에 불법 체류한 나는
잠깐 눈 녹은 틈에 여린 싹 내밀어 눈물 나던 나는
냉이 달래 옆인 줄도 모르고 함부로 키를 키운 나는
막다른 체류지에서도 "이놈의 잡초!"로 뿌리째 뽑혀
시린 바람에 남은 삶 말라간다

쓸모가 없다며 이름조차 부여받지 못한 나는
계절도 거처도 없이 떠돌다 씨 한 톨 남길 새 없이
놀고 있는 땅에서조차 내쫓겨 봄을 잃은 삶,
마침내 내생의 연을 끊고 적멸에 든다

………
적멸寂滅은 내생 없는 완전한 소멸로, 생멸이 함께 사라져
번뇌의 경계를 벗어난 열반을 이른다.

어서 와, 지구는 처음이지

너 귀 빠진 오늘, 다들 반겼을 거야
부정 탈라 금줄 치고 금이야 옥이야
꺼질 새라 날 새라 애지중지했을 거야
아무렴 그래야지 그래야 하고말고
한 우주가 새로 열렸는데 그래야지
어서 와, 네가 와서 세상이 더욱 빛나
세상은 새로운 존재로 사는 거야
네가 없으면, 나도 없고 세상도 없어
어서 와 ○○, 지구는 처음이지~
처음일 텐데 어찌 그리 장하게 컸어
네가 준 행복이 세상 가득해,
세상에!
너는 세상의 꽃이고 만개한 우주야
어서 와, 지구는 처음이지 ○○

나 어릴 적

옛날 옛적 나 예닐곱 어릴 적
시리게 깊어가는 달 푸른 겨울 밤
푸르르, 문풍지 자지러지고
어우웅~ 안산에 늑대울음
할머니는 화로를 다독이며
자잔자잔 옛날이야기
아홉 꼬리 여시가 재주를 넘자
불길이 일어 발밑을 태우고
아이는 색주머니 받아 도망치는데
까무룩, 나는 어느새 잠속

밤 내 졸던 달은 구름에 지고
저 건너 아득히 첫닭울음소리
어머니 베틀소리 그제야 그치고
또 오줌 싼 나는 울음이 터지는
옛날 옛적
지금은 추억으로 남았지만
시리고 눈물 나던 나 어릴 적

반세기 지난 타향의 하늘
저기 푸른 달로 걸렸다

© 知友

고향의 별

동무들 만나 막걸리에 젖어
들판 한가운데로 난 길 따라
두런두런 시린 바람 맞는 밤,
쏟아지는 별을 쓸어담는다

밤새 별들의 이야기를 듣느라
가물대던 잠, 저만치 달아난다

아침에게

눈 덮인 숲길에 들면
오늘도 네가
한 걸음 먼저 와 있구나

네 덕분에
또 하루 살겠구나

© 知友

김이수 시집
무슨 일 있었냐고 묻기에

2021년 5월 11일 초판 1쇄 발행
2021년 5월 17일 초판 2쇄 발행

지은이 김이수
펴낸이 조시현
디자인 프리스타일
사진 知友 문승선, 김이수

펴낸 곳 일월일일
출판등록 2013. 3. 25(제2013-000088호)
주소 04007 서울시 마포구 희우정로 122-1 현대빌딩 201호
대표전화 02) 335-5307
팩스 02) 3142-2559

전자우편 publish1111@naver.com
인스타그램 0101book_

ISBN 979-11-90611-10-7 03810

· 이 책의 판권은 지은이와 일월일일에 있습니다. 양측의 서면 동의 없는 무단 전재와 복제를 금립니다.
· 잘못된 책은 구입하신 서점에서 바꾸어 드립니다.
· 독자 여러분의 관심과 투고를 기다립니다. (publish1111@naver.com)
· '책익는마을'은 도서출판 일월일일의 인문 브랜드입니다.